rororo

Ein Straßenmusiker mit begrenztem Repertoire, ein religiöser Exhibitionist am Hauptbahnhof, ein betender Autofahrer, dubiose Möwenfänger und feiernde Krankenschwestern – die Twittermeldungen der Osloer Polizei sind kleine Perlen des trockenen Humors, die beileibe nicht nur Recht und Ordnung dienen, sondern vor allem von den großen und kleinen Absurditäten der Polizeiarbeit erzählen.

Die Osloer Polizei twittert seit Herbst 2011 unter @oslopolitiops und hat inzwischen über 186 000 Abonnenten. Die Tweets der Beamten sind extrem beliebt und werden von den zahlreichen Fans regelmäßig weiterverbreitet und kommentiert.

Polizei Oslo

# Rollstuhl auf Geisterfahrt. Wir kümmern uns

## Die kuriosen Tweets der Osloer Polizei

Aus dem Norwegischen
von Anne Bubenzer

Rowohlt Taschenbuch Verlag

Deutsche Erstausgabe
Veröffentlicht im Rowohlt Taschenbuch Verlag,
Reinbek bei Hamburg, August 2015

Umschlaggestaltung ZERO Werbeagentur, München,
nach der Originalausgabe des Kagge Forlag, Oslo
(Gestaltung: Trine + Kim designstudio)
Grafiken im Innenteil Trine + Kim designstudio
Satz Quadraat PostScript, InDesign,
bei Pinkuin Satz und Datentechnik, Berlin
Druck und Bindung CPI books GmbH, Leck, Germany
ISBN 978 3 499 62908 2

# Inhalt

# Vorwort

Aus Sicht eines Mitteleuropäers, der Hauptstädte wie Berlin, Madrid, Rom und Athen, Amsterdam, Prag oder Paris gewöhnt ist, erscheint die Hauptstadt Norwegens in erster Linie angenehm überschaubar und ziemlich gemütlich. Oslo, das bis 1924 noch auf den von Fremdherrschaft geprägten Namen Kristiania hörte, hat erst in den letzten zwanzig Jahren endgültig das Provinzgefieder abgestreift und sich richtig zur Metropole gemausert.

Man kann sagen, was man will – Oslo hat viel zu bieten. Da gibt es ein Stadtzentrum, das sich bequem zu Fuß erkunden lässt, da gibt es ein kleines königliches Schloss, einen gemütlichen Hafen, eine beeindruckende Skisprungschanze, eine eisbergähnliche Oper und sehr viel Grün. In Oslo kann man mit der U-Bahn bis zur Skiloipe oder dem Badesee fahren. Da gibt es ein hohes Bruttoinlandsprodukt, ein anständiges Pro-Kopf-Einkommen und ein Preisniveau ähnlich dem Londons. Vor allem aber kann man sich in weiten Teilen der Stadt immer noch einigermaßen sicher fühlen. Selbst die berüchtigten Brennpunkte, klassischerweise jene Stadtteile mit hohem Ausländeranteil und Sozialwohnungen, sind nicht so gefährlich, dass man fürchten müsste, am helllichten Tag überfallen zu werden.

Es gehört zu den wichtigsten Regeln der norwegischen Gesellschaft, seine Mitmenschen in Ruhe zu lassen und niemandem zu nah auf die Pelle zu rücken. Nicht ohne Grund sagt man: Jeder Norweger ist am glücklichsten auf seinem eigenen Berggipfel. Auch in der Hauptstadt leben viele der 600 000 Einwohner, die sich auf die 15 Stadtbezirke verteilen, in diesem Selbstverständnis. Doch natürlich sind die dortigen Berggipfel einigermaßen überbevölkert, und das sorgt selbst im friedliebenden Oslo gelegentlich für Gerangel.

Vor allem an Wochenenden nimmt die Häufigkeit öffentlicher Rangeleien spürbar zu. Dies ist nicht zuletzt auf die norwegische Wochenendtradition zurückzuführen: Wo die braven Kinder samstags von ihren Eltern mit tütenweise klebrig-süßem «Lørdagsgodt» – also der «Samstagsnascherei» – belohnt werden, machen sich die etwas Älteren am liebsten selbst eine Freude, indem sie reichlich Alkohol genießen. Vorspiel, Party, Nachspiel (ja, in Norwegen werden diese deutschen, bei uns eher sexuell konnotierten Begriffe in Bezug auf Alkoholgenuss verwendet) – lautet der Ablaufplan für den Samstagabend. Da kann schon mal der eine oder andere über die Stränge schlagen. Da pinkelt schon mal eine Frau ein Polizeiauto an oder ein Mann eine Haustür.

Dennoch: Wenn man die Tweets der Osloer Polizei liest, hat man ein Lächeln auf den Lippen. Denn irgendwie wird man das Gefühl nicht los, dass in dieser Hauptstadt – trotz der erschütternden Ereignisse am 22. Juli 2011 – die Welt noch ein klein bisschen mehr in Ordnung ist als anderswo.

Anne Bubenzer

# Ruhige Nacht in der Hauptstadt.

Die Polizei, dein Freund und Helfer in allen Lebenslagen

Ruhige Nacht in der Hauptstadt.

---

**31/12/11 06:10:30**

Guten Rutsch allerseits! Nehmt Rücksicht aufeinander und macht diesen Abend zu einer schönen Feier für Groß und Klein!

---

**30/10/13 10:44:24**

Oslo/Akershus: Heute um 12.00 Uhr PROBEALARM «Wichtige Meldung – Radio hören». Wir wünschen allen einen schönen Tag.

---

**07/05/12 22:16:58**

Statoil-Tankstelle Smestad: Beschwerde. Ein paar feiernde Abiturienten verschmutzen offenbar den Ort. Wir suchen den Dialog.

> **07/05/12 22:32:10**
>
> Die Abiturienten in Smestad waren sehr nett. Sogar so nett, dass sie beim Aufräumen geholfen haben, obwohl es gar nicht ihr Müll war.
>
> **07/05/12 23:18:18**
>
> Unterwegs zu einem Abi-Party-Bus in Hauketo. Versuchen es auch da mal mit der Dialog-Methode.
>
> **07/05/12 23:46:44**
>
> Hauketo: Kein Abi-Party-Bus in Sicht. Vielleicht folgen sie uns auf Twitter ;-)

**27/05/12 13:22:23**

Huk: Eiswagen von Falschparker blockiert. Fahrzeughalter dringend gesucht. Leute auf Huk sind mit Eis versorgt. Alle anderen: Habt Geduld!

**27/05/12 13:38:49**

Erleichterung! Eiswagen konnte Huk verlassen.

---

**11/07/12 01:14:46**

Bis jetzt ist es sehr ruhig im Großraum Oslo. Keine großen Einsätze. Wir arbeiten für eine sichere Hauptstadt.

**11/07/12 01:32:21**

Ende der Ruhe. Sind in der Opera Bar, von wo uns eine Schlägerei gemeldet wurde.

**11/07/12 01:49:25**

Stovner Senter: Prügelei gemeldet.

**11/07/12 02:39:56**

Sind jetzt in der Notaufnahme, wo jemand Ärger macht.

**04/09/12 17:16:33**

Båntjern, Voksenkollen. Ein Zeuge hat am Ufer des Sees Kleidungsstücke gefunden. Suche im Wasser eingeleitet. Rettungskräfte vor Ort.

**04/09/12 18:12:36**

Båntjern. Fund von Sportbekleidung (weibl.) am Ufer. Sachdienliche Hinweise bitte unter 02800.

**04/09/12 20:02:17**

Båntjern. Keiner ertrunken! Nacktbaderin bekam Handtuch gebracht u. ging darin eingewickelt nach Hause. Das war ihr vielleicht peinlich!

**17/07/13 14:04:47**

Biermanns gate.
Personenkontrolle. Mann
bedrohte Passanten mit
Eisenstange. Dazu sind
Eisenstangen aber nicht da!

Ruhige Nacht in der Hauptstadt.

---

**10/03/13 09:21:13**

Kindertag am Holmenkollen. Wir wünschen euch viel Spaß und sorgen dafür, dass Mama und Papa den Parkplatz finden. Los geht's, Kinder!

**10/03/13 11:28:50**

Mobekken: Viele Skifahrer unterwegs, einer fuhr mit dem Auto in die Loipe. Keine gute Idee. Müssen mal ein Wörtchen mit dem Halter reden.

**10/03/13 12:31:25**

Mobekken: Autofahrer hat sich beim Versuch zu wenden festgefahren. Wir erinnern an die bekannte Regel: Rechtzeitig umdrehen!

---

**02/07/13 02:17:33**

Akerselva: Nächtliches Baden nicht empfehlenswert. 2 Jungen wurden beinahe von der Strömung erfasst. Sind mit dem Schrecken davongetropft.

**12/07/13 23:35:40**

Unsere Kollegen aus A&B und Follo gehen offenbar auf Partys. Wir auch. Allerdings um den Lärm zu stoppen, nicht um zu feiern.*

---

**10/08/13 11:57:12**

Bekkelaget: 7-jähriger Junge gesucht. Wollte zu Jacobs Supermarkt. Türkisch, Brille, blaues Hemd, grüne Jogginghose. Hinweise unter 02800.

> **10/08/13 12:59:12**
>
> Suche nach dem 7-Jährigen in der Nähe seines Zuhauses erfolgreich beendet. Sein Auftrag, Süßigkeiten einzukaufen, auch erfolgreich erledigt.

---

**11/08/13 19:16:56**

Toyen: Polnischer Mann im Freudentaumel wg. Job in Norwegen! Hat einen Bagger bestiegen, Helm aufgesetzt und hupt und hupt und hu...

> **11/08/13 19:18:27**
>
> ...pt. Haben dem Mann zur neuen Arbeitsstelle gratuliert und ihn gebeten, ein bisschen leiser zu feiern.

* A&B Akershus/Bærum und Follo sind Bezirke außerhalb Oslos.

Ruhige Nacht in der Hauptstadt.

---

**12/08/13 23:31:41**
Einbruch in Fagerborg gemeldet.

> **12/08/13 23:44:02**
> Waren zügig vor Ort u. konnten Kontakt mit dem Einbrecher aufnehmen, der sich als Wohnungsbesitzer erwies. Hatte den Schlüssel vergessen.

---

**04/09/13 22:58:15**
Fahrzeugdiebstahl. Bei Eingang der Meldung fuhr eine Streife zufällig hinter betreffendem Wagen. 3 Pers. festgenommen. Besitzer zufrieden.

---

**19/08/13 06:01:05**
1. Schultag an Oslos 68 Grundschulen. 7000 Erstklässler sind unterwegs! Nehmt Rücksicht, beachtet die Verkehrsregeln. #aksjonskolestart

---

**27/08/13 09:13:49**
Einbruch im Proberaum einiger sehr guter Musiker. Sollte euch Musikausrüstung angeboten werden, könnte es sich um Diebesgut handeln.

**08/09/13 12:15:47**

Freudenmeldung: Verzweifelte Mutter meldete Sohn als vermisst. Während des Telefonats tauchte der Kleine wieder auf. Wiedersehensfreude.

---

**08/09/13 08:03:56**

Gute, friedliche Stimmung in der Hauptstadt. Leute genießen das schöne Wetter. Wir wünschen allen Bürgern der Stadt einen tollen Tag!

---

**09/09/13 11:26:45**

Nedre Fossum: Kindergarten hat plötzlich ein Kind zu viel. Kleiner Junge, mit grauer Kleidung, Jacke mit einem P, spricht vermutlich Urdu.

> **09/09/13 12:07:39**
>
> Kindergarten hat wieder Ursprungsgröße. Der kleine Junge ist glücklich mit Mutter und Bruder wieder vereint.

---

**19/09/13 09:32:17**

Friedhof Høybråten: Bei Baggerarbeiten wurde vermutlich eine Granate gefunden. Sind vor Ort und warten auf Unterstützung durch Militär.

---

**19/09/13 11:52:14**
Friedhof Høybråten: Militärspezialisten sind eingetroffen, um gefundenen Gegenstand zu untersuchen. Weitere Maßnahmen noch unklar.

**19/09/13 14:49:27**
Bei dem Gegenstand auf dem Friedhof Høybråten handelte es sich um eine Gasflasche. Alle Sperrungen aufgehoben.

---

**19/09/13 17:09:01**
Mann festgenommen, der den Angestellten eines Elektroladens drei teure Fernseher abgeluchst hat. Fernsehgeräte ebenfalls sichergestellt.

---

**23/09/13 02:32:38**
Fahrradfahrer verfolgt. Entkam dem Streifenwagen an der Karlsrud Grundschule. Fahrrad gefunden, Radfahrer verschwunden.

**23/09/13 03:07:22**
Fahrrad ist gestohlen gemeldet. Wahrscheinlich ist der Radfahrer darum abgehauen.

**23/09/13 02:46:14**
Radfahrer kam nicht weit. Hundestreife nahm die Spur auf und holte Flüchtigen am Nylende Kindergarten ein.

**23/09/13 18:03:15**

Bislett: Nach
Verkehrsrowdytum
geht ein Motorradfahrer
ab jetzt zu Fuß.

Ruhige Nacht in der Hauptstadt.

---

**01/10/13 08:05:04**

Autodieb im Hoffsveien festgenommen. Der Mann versuchte wegzulaufen, aber der lange Arm des Gesetzes war lang genug.

---

**24/09/13 16:45:39**

Taxifahrt von Göteborg nach Oslo endete mit 5000 Kronen geprellter Zeche. Sind vor Ort und versuchen, dem Taxifahrer zu helfen.

> **24/09/13 17:25:56**
>
> Fahrer hat Anzeige erstattet und sich auf den langen Heimweg gemacht. Verdächtiger hinterließ eine ungedeckte Bankkarte im Wagen.

---

**03/10/13 19:04:18**

Betrunkener ruft 112 und will eine Gefängniszelle für seine betrunkene Ehefrau mieten. Hoffen wir, dass sie sich morgen wieder vertragen.

---

**04/10/13 22:05:57**

Domkirche Oslo. Kollekte aus der Kirche gestohlen. Polizei schnell vor Ort, ein Mann festgenommen, Anzeige erst., Kollekte zurückgegeben.

**10/10/13 05:14:49**
E6 Lambertseter. Umgestürzter/umgewehter Baum in der Ausfahrt gemeldet. Wird überprüft.

**10/10/13 05:16:20**
Kåres vei: Umgestürzter Baum auf der Fahrbahn. Stromleitungen betroffen. Rettungseinheiten sind unterwegs.

**10/10/13 05:29:13**
Feuerwehr angefordert. Rücken dem Baum mit der Motorsäge zu Leibe.

**10/10/13 05:30:45**
Feuerwehr hilft. Baum hängt über der T-Bahn-Strecke. Bis Problem und Baum beseitigt sind, fährt die Bahn hier langsamer.

**10/10/13 05:30:45**
T-Bahn muss kurz vom Netz genommen werden.

**10/10/13 06:43:10**
Feuerwehr hilft mit der Motorsäge. Der Baum hängt auf 45°. Im Fall des Falles: Telefonleitungen gefährdet.

**10/10/13 15:32:46**

Männlichen Langfinger mit Kinderwagen voll Bier angehalten. Wiederholter Tatbestand. Dazu sind Kinderwägen nicht da.

**26/10/13 16:16:59**

Ehrlicher Bürger hat an einer Bushaltestelle größeren Geldbetrag und Laptop gefunden. Besitzer konnte ausfindig gemacht werden.

> **26/10/13 16:29:06**
>
> … Geldsumme erwies sich als Tagesumsatz eines Ladens. Besitzer von zu Tode betrübt zu himmelhoch jauchzend. Finderlohn gezahlt.

**27/10/13 07:47:39**

Sonntagmorgen: 35 Leute im Polizeigewahrsam. Gründe: Drogen, Gewalt, Raub, Waffenmissbrauch, Ordnungswidrigkeiten und Diebstahl.

**19/10/13 02:05:50**

Sandakerveien:
Einbrecher gesucht. Personen
mit auffällig schlechtem
Gewissen gesichtet?
Bitte unter 02800 melden.

Ruhige Nacht in der Hauptstadt.

---

**31/10/13 11:10:34**

Høyenhall: Einbrecher von Hausbesitzer überrascht. Flüchtiger blieb beim Sprung an Baum hängen, stürzte dann ab. Ambulanz versorgt ihn.

---

**28/10/13 16:47:17**

Ammerud: Dicker Mann in hellem Parka hat Mann (93) bestohlen. Klingelte an der Tür und bat um einen Dosenöffner. Hinweise unter 02800.

> **28/10/13 17:18:46**
>
> Haben Kontakt mit dem Geschädigten und ermitteln in diesem Fall minimalen Diebstahls. Suche nach dem Täter bisher ergebnislos.

---

**29/10/13 14:55:33**

Flussarbeiten: Wasser im Alnaelva von Kalbakken abwärts zz. unnatürlich grün. Färbung ist ungefährlich und bald wieder weg.

**30/10/13 08:44:12**

Hausmanns gate/Møllergata: Mann sitzt in einem Schacht fest. Ursache unklar. Wir sehen mal nach. Feuerwehr hilft.

**30/10/13 09:14:47**

Schacht unterhalb eines Gitterrosts war mehrere Meter tief. Der Mann kam allein nicht wieder herauf. Eine Leiter löste das Problem.

**29/06/13 20:58:24**

Kleiner weißer Hund fuhr auf
eigene Faust mit dem
20er Bus nach Galgeberg.
Der selbständige Kerl wartet
bei Viking auf seinen Besitzer.

**02/11/13 09:28:05**

E6 stadtauswärts: Kurz vor Skulleruddumpa hat ein Auto ein Rad verloren. Schwierig, so zu fahren. Stau. Abschleppwagen geordert.

> **02/11/13 09:29:41**
>
> Grund des Radverlusts: Wechsel auf Winterreifen. Nicht vergessen, nach dem Radwechsel die Muttern nachzuziehen!

---

**05/11/13 17:38:18**

Gruppe von 50–60 Personen am Egertorget angehalten. Alle sind mit Sturmhauben maskiert. Suchen den Dialog.

> **05/11/13 17:38:18**
>
> Laut Social Media findet heute ein «Million Mask March» für Anonymus statt. Wurde als friedliche Demo angekündigt. Sind gut im Gespräch.
>
> **05/11/13 18:03:28**
>
> Gruppe hat das Angebot, ihr Anliegen vorzubringen, abgelehnt und umgedreht. Wollte den Anordnungen von Vater Staat nicht folgen.

Ruhige Nacht in der Hauptstadt.

---

**07/11/13 00:51:46**

Unangenehmer Kneipengast, der u. a. Leuten Bier klaut. Lokalverbot wirkungslos, nach 10 Min. war er zurück. Festnahme erfolgt. Anzeige erstattet.

---

**09/11/13 02:14:48**

Korsvoll: Betrunkener flüchtete vor Taxirechnung ins Haus. Tür verrammelt. Polizei ist durchs Schlafzimmerfenster rein. Rechnung bezahlt.

---

**16/11/13 08:04:58**

Anstrengende Hauptstadtnacht. Zahlreiche Ruhestörungen, Prügeleien, Nachbarschaftsstreit, Einbrüche. Gute Auslastung der Arrestzellen.

---

**18/11/13 02:58:23**

Thorvald Meyers gate/Schous plass: Versuchter Überfall. 5 Männer, dunkelhäutig, dunkel gekleidet, ca. 20 Jahre alt, entkamen.

> **18/11/13 03:07:21**
>
> Vier Personen in unmittelbarer Nähe gefasst. Beschreibung passte haargenau. Guter Spontaneinsatz der Streife vor Ort!

**18/11/13 12:13:03**

T-Bahnstation Songsvann. Jemand hat Waggons getaggt.

**18/11/13 12:18:15**

Sprayer nach kleinem Sprint gefasst.

**18/11/13 12:20:33**

Besonders aufmerksame Zeugen haben das Tagging gemeldet. Danke an alle, die uns dabei helfen, unsere Hauptstadt sicher zu machen.

---

**26/10/14 04:42:35**

Middelalderparken: 2 Personen gemeldet, die mit Metalldetektoren die Gegend absuchen. Die Polizei überprüft, ob sie das dürfen.

---

**26/10/14 05:29:07**

Kontakt mit 1 Person. Betreffenden informiert, dass seine Suche in diesem denkmalgeschützten Bereich lt. Kulturdenkmalgesetz verboten ist.

**13/03/14 20:49:03**

Liebespaar nach Ladenschluss im Kaufhaus eingesperrt. Die beiden waren auf der Toilette eingeschlafen. Feuerwehr befreit das müde Paar.

**30/10/14 02:45:14**

Oslo Zentrum: Ermittler überprüfen Aufnahmen der Videoüberwachung in einem Laden, in dem zuvor eingebrochen wurde.

**30/10/14 02:46:44**

Nach Überprüfung des Videos erkannten die Ermittler den Täter vor der Tür des Ladens. Festnahme erfolgte umgehend.

---

**10/11/14 20:11:23**

3 Männer wegen Fahrradklau gefasst. Während des Diebstahls nahm ein weiterer Mann den Räubern das Rad weg. Tumultartige Zustände.

---

**20/11/14 05:35:12**

Sørengkaia. Mann mit Helm, der mit einer Peitsche um sich schlägt, erweist sich als Angler. Übte eine neue Wurftechnik fürs Fliegenfischen.

---

**22/11/14 04:34:37**

Mann fordert per Notruf eine Streife an. Seine Antwort auf die Frage nach seinem Aufenthaltsort: Ich sitze in einem Polizeiwagen.

# Einbrecher braucht Hilfe beim Verlassen des Hauses.

Dumme Diebe kommen nicht weit

---

**20/05/12 07:26:29**

Person festgenommen, die versucht hat, in den Polizeikindergarten Egon einzubrechen.

---

**26/05/12 08:36:25**

Anruf: Einbrecher bat um Hilfe beim Verlassen eines Hauses. Saß im Windfang. Hat die ganze Nacht versucht, freizukommen. Festgenommen.

---

**03/07/12 02:49:33**

Dieb in der Kunsthochschule gefasst. Versteckte sich vor dem Wachmann bis die Polizei kam. Stieg dann in den Aufzug. Schlechte Entscheidung.

**09/08/12 18:08:42**

Frau festgenommen,
die versuchte, El-Kjøp in Skøyen
mit einem Flachbildschirm
unter dem Rock zu verlassen.

Einbrecher braucht Hilfe beim Verlassen des Hauses.

---

**21/09/12 03:42:17**

Stolmakergata: Mann mit Rollstuhl bricht Auto auf und rast davon, wird von der Polizei angehalten. Mann und Stuhl sichergestellt.

> **21/09/12 04:11:10**
>
> Stolmakergata: Rollstuhl war gestohlen. Sicherheitsdienst hilft, ihn zurückzugeben. Täter sitzt. Anzeige erstattet.

---

**04/01/13 12:39:23**

Einkaufszentrum Byporten: Mann zum 2. Mal erwischt. Bekam am Morgen eine Anzeige wg. Diebstahl, hat jetzt wieder geklaut. Festgenommen.

---

**13/01/13 03:03:29**

Ein Mann hat in einem Kiosk im Zentrum Lebensmittel gestohlen, die jetzt dort von anderem Mann verzehrt werden. Polizei vor Ort.

> **13/01/13 03:11:25**
>
> Nach Eintreffen der Polizei entschieden sich die «Essensdiebe» doch noch, zu bezahlen, was sie zu sich genommen haben.

**16/01/13 18:47:18**

Bøler. Polizei unterstützt Ladenpersonal beim Stellen eines Bier-Diebes. Währenddessen kommt ein neuer Bier-Dieb. Schlechtes Timing.

Einbrecher braucht Hilfe beim Verlassen des Hauses.

---

**13/03/13 04:58:34**

Einbruch im Café Kaos. Täter hatte eine Scheibe eingeschlagen, um reinzukommen. Als wir eintrafen, saß er im Café und rauchte.

---

**23/05/13 08:04:32**

Christ. Krohgs gate: Mann bei Ladendiebstahl im Wert von 30 Kr. gefasst. Anzeige. 1 Std. später ist er zurück. Klaut noch ein bisschen mehr.

---

**09/08/13 06:55:41**

Lambertseter: Sehr durstiger Dieb hatte Hunderte Bierdosen in einen Fahrradanhänger geladen. Sitzt jetzt auf dem Trockenen.

---

**02/07/14 12:26:57**

Frau (81) wegen Ladendiebstahls gefasst. Ihre Begründung: Sie fände das spannend. Es ist allerdings weniger spannend als strafbar.

**13/07/13 04:04:56**

Autoknacker vor der
Polizeiwache. Dieb steckte halb
im Fenster, halb draußen.
Jetzt steckt der ganze
Mann in Haft.

# Mann mit heruntergelassener Hose und Schnapsflasche gefährdet den Verkehr.

Schuld war nur der Alkohol

Mann mit heruntergelassener Hose und Schnapsflasche gefährdet den Verkehr.

---

**21/04/12 14:32:16**

Fagerheimgata. Fußgänger auf der Fahrbahn. Verkehrschaos. Streife ist unterwegs.

**21/04/12 14:34:50**

Fagerheimgata. Der Mann ging mit heruntergelassener Hose mitten auf der Straße. Trank dabei Schnaps. Festgenommen. Polizei ermittelt.

---

**27/02/13 20:14:16**

Ruhestörung in der Storgata. Sollte jemand zufällig einen nackten Mann mit Mülleimer auf dem Kopf sehen, bitte 02800 anrufen.

**27/02/13 20:33:02**

Mann in der Storgata ist wieder bekleidet und hat den Mülleimer abgelegt. Kann seinen Rausch bei uns ausschlafen.

**25/05/13 18:28:27**

Betrunkene Person in Hauketo.
Betreffender versucht, sich eine
Zigarette anzuzünden.
Geht schlecht mit
einem Kugelschreiber.

Mann mit heruntergelassener Hose und Schnapsflasche gefährdet den Verkehr.

---

**26/05/13 03:10:47**

Karl Johans gate: Mann festgenommen, der es für angebracht hielt, einen Streifenwagen anzupinkeln.

---

**27/02/13 20:14:16**

Torgata: Mann gibt vor, Schanklizenzkontrolleur zu sein, um Zutritt zu Kneipe zu erhalten. Nicht glaubhaft. Hat die Ware aber sicher getestet!

---

**15/07/13 19:28:27**

Høybråten: Autofahrer angehalten, wegen Verdachts auf Trunkenheit am Steuer. Er fuhr mit vier platten Reifen.

---

**25/07/13 11:37:46**

Skraperudtjern: Volltrunkener versucht, im See zu baden. Andere Badegäste halten das nicht für ratsam. Versuchen, die Abkühlung zu verhindern.

> **25/07/13 11:54:38**
>
> Haben den Mann am Skraperudtjern unter Kontrolle. Hat einen Schnitt am Arm und wird vor Ort vom Rettungsdienst behandelt.

**25/07/13 11:37:46**

Bus Linie 20: Fahrer meldet 2 Betrunkene, die seine Runde schon zum 2. Mal mitfahren. Sie weigern sich auszusteigen. Wir sind unterwegs.

**25/07/13 11:54:38**

Bus Linie 20: Haben dem Busfahrer geholfen. Kann jetzt ohne betrunkene Fahrgäste weiterfahren.

**25/07/13 12:43:20**

Bus Linie 20: Derselbe Betrunkene ist wieder zugestiegen. Nach erstem formlosen Busverweis hat er jetzt offizielles Busverbot für 2 Stunden.

---

**27/07/13 22:27:06**

Tøyen: Betrunkener duscht Kneipengäste! Trotz warmer Sommernacht wollen die Leute aber nicht mit dem Gartenschlauch nass gespritzt werden.

---

**09/08/13 03:54:08**

Olav M. Troviks vei: Russischer Gesang und Wodkastimmung haben sich entwickelt. Inzwischen werden Tische u. Ä. aus dem Fenster geworfen.

**16/08/13 06:26:39**

Tinghuset: Alkoholisierter Fahrer aufgegriffen. Der Mann hatte das Auto auf einem Blumenkübel geparkt.

**31/08/13 07:08:13**
Grorud: Volltrunkener 16-Jähriger von der alkoholfreien Veranstaltung Granittrock in die Notaufnahme gebracht.

**31/08/13 01:54:45**
Bjørvikatunnel Ri. Osten: Betrunkener Fußgänger torkelt durch die Gegend. Beifahrer, bitte warnt die Fahrer!

> **31/08/13 02:02:29**
> Bjørvikatunnel: Streife hat den Fußgänger aufgegabelt und an die frische Luft verfrachtet.

**31/10/2014 03:20:03**
Betrunkene wollte zu ihrem Freund in den Arrest. Erlaubnis verweigert. Nach Angriff auf einen Polizisten hatte sie dann mehr Glück.

**08/11/14 10:36:24**
Betrunkener Autofahrer gemeldet. Wagen in Hasle gefunden mit einem 4-jährigen Mädchen auf dem Rücksitz. Flüchtiger Fahrer gesucht & gefunden.

**Barfüßige Person marschiert mit Gardisten vor dem Schloss.**

Mit der Polizei auf der Straße

Barfüßige Person marschiert mit Gardisten vor dem Schloss.

---

**14/01/12 11:53:30**

Person auf dem Dach des Alna Centers gesichtet. Sehr suspekt! Mann erwies sich als Schreiner, der seiner Arbeit nachging. Nicht suspekt.

---

**17/01/12 21:51:23**

Feuerwehreinsatz in Fitnesscenter. Laufband fing unter schneller Sportlerin Feuer. Die Frau war fix, die Feuerwehr auch. Brand gelöscht.

---

**17/01/12 17:32:33**

Majorstua: Mann brach während der Fahrt in leeren Führerstand von T-Bahnwagen ein. Pöbeleien über Lautsprecher und Feuerlöscher geklaut.

> **17/01/12 17:33:17**
>
> Majorstua: Polizei und T-Bahnpersonal suchen den Verdächtigen. Hat seinen Posten wahrscheinlich an der Haltestelle Majorstua verlassen.

---

**26/01/12 15:51:55**

Finger in Schneewehe gefunden. Erwies sich als Gummirequisit. Sah von weitem verdammt echt aus.

**05/05/12 12:40:22**

Tom-Waits-Lauf hat begonnen. Der Pub-to-Pub-Lauf in Grønland kann zu Verkehrsbehinderungen und langen Schlangen vor den Lokalen führen.

**09/05/12 15:05:36**

Nedre Prinsdals vei: Zur Eröffnung eines neuen Dönerladens gibt es gratis Kebab. Schwere Verkehrsbehinderungen.

> **09/05/12 15:07:32**
>
> Dönerladen musste wegen Kunden- und Autostau schließen. Es gibt erst wieder Kebab, wenn der Betreiber Ordnung in die Schlangen gebracht hat.

**26/05/12 19:25:33**

Schlosspark: Mann wegen Exhibitionismus festgenommen. Seine Shorts waren ein bisschen sehr weit.

**11/06/12 21:55:58**

Nähe Waldemar Thranes gate: Mann festgenommen, der eine andere Person mit einem Samurai-Schwert bedroht hat.

> **11/06/12 22:06:15**
>
> Waldemar Thranes gate: Haben eine Angel, aber kein Samurai-Schwert gefunden. Vermutlich wurde die Angel für ein Schwert gehalten.

**20/06/12 20:09:34**

Notruf aus der Haugerud-Schule. Es brennt in einem Gebüsch. Keine Ausdehnungsgefahr.

> **20/06/12 20:20:59**
>
> Haugerud-Schule: Feuer gelöscht. Auf dem Pausenhof brannten Schulbücher. Da ist offenbar jemand reif für die Sommerferien.

Barfüßige Person marschiert mit Gardisten vor dem Schloss.

---

**04/07/12 19:13:57**

Frognerveien: Mann wirft mit Sachen um sich, ist aggressiv und bedroht Leute. Sind schnell vor Ort. Mann gefasst.

> **04/07/12 19:25:42**
>
> Frognerveien: Der Mann wurde festgenommen, § 350. Hatte außerdem noch eine Ampel im Hegdehaugsveien «umgehauen».

---

**08/07/12 15:14:08**

Helsfyr: Lärmbelästigung. Jmd. spielt offenbar Akkordeon. Begrenztes Repertoire, sehr laut, stundenlang. Musikant macht jetzt Pause.

---

**12/08/12 12:47:37**

Sandakerveien: Heftiger Streit zwischen zwei Frauen. Die eine hat sich nackt gesonnt, was der anderen missfiel. Kein Polizeieinsatz.

**25/08/12 15:18:55**

Torshov: Schwein gestohlen,
das schon zum Grillen vorbereitet
war. Verdächtige Pers. flüchtig.
Wir suchen das Auto ...
und das Schwein.

Barfüßige Person marschiert mit Gardisten vor dem Schloss.

---

**25/08/12 01:11:25**

Osterhaus' gate 10: Mann urinierte an Zaun, was einige Afrikaner auf den Plan rief. Vermutlich hat er ein «Stoff-Depot» bepinkelt.

---

**28/08/12 02:09:18**

Mann marschiert barfuß mit den Gardisten vor dem Schloss. Beweggründe unklar. Eine Streife befragt ihn.

---

**02/01/13 22:02:47**

Mann aufgegriffen, der auf der Karl Johans gate urinierte. Hat seine Tat bereut und mit der Jacke hinter sich aufgewischt.

---

**05/09/12 10:44:04**

Majorstua: Beschwerden über einen Straßenmusiker, der seit Monaten nur 1 Lied spielt. Haben ihn aufgefordert, sein Repertoire zu erweitern.

**08/09/12 11:11:52**

Stiller Tag. Aber der Straßenmusiker in Majorstua hat wieder losgelegt. Fachkundige Streife macht einen Ziehharmonika-Qualitätscheck.

**13/09/12 18:10:54**

Manglerud: «Taubstummer» Bettler gemeldet. Personenkontrolle zeigte, dass der Mann alles andere als taubstumm war. Ortsverweis.

**21/02/13 02:14:57**

Carl Berners plass: Hundestreife hat Auto angehalten. 4 Personen flohen und «schmissen Drogen in alle Richtungen». Die 4 werden überprüft.

**23/03/13 22:21:19**

Nationaltheatret: Nackter Mann benimmt sich in Linienbus daneben. Polizei ist vor Ort und überprüft den Mann.

**26/03/13 20:36:05**

Ruhestörung am Hauptbahnhof. Angeblich wurde eine Waffe gesehen. Wir sind vor Ort und bewaffnet.

> **26/03/13 20:43:07**
>
> Mehrere Leute rund um den Bahnhof wurden überprüft. Es stellte sich heraus, dass der Streit einer Krücke galt, keiner Waffe.

Barfüßige Person marschiert mit Gardisten vor dem Schloss.

---

**09/04/13 06:57:54**

Ruinenpark Gamlebyen: Eine Person hackt Steine aus den Ruinenmauern. Der Grund dafür ist unklar. Wir überprüfen das.

> **09/04/13 07:01:09**
>
> Ruinenpark: Offenbar handelt es sich um einen Angestellten der Kulturbehörde, der mit Restaurierungen an den Gebäuden beschäftigt ist.

---

**11/04/13 06:46:18**

Helgesens gate: Unterstützen Fahrkartenkontrolle. Mann hat 2 Kontrolleure gebissen, die ihn ohne gültigen Fahrausweis erwischten. Festnahme.

**17/04/13 17:06:01**

Stenersgata: Turnschuhdieb rannte unserer Streife davon. Diebstahl angezeigt. Der Kollege verspricht, künftig mehr Sport zu treiben.

Barfüßige Person marschiert mit Gardisten vor dem Schloss.

---

**20/04/13 18:55:03**

Bahnhof: Wachdienst hat einen nackten Mann aufgegriffen. Er sagt, Gott habe ihm befohlen, sich auszuziehen. Fahren ihn in die Notaufnahme.

---

**28/04/13 07:46:37**

Pilestredet: Nackter Mann auf dem Bürgersteig gemeldet. Es stellt sich heraus, dass es sich um eine Statue handelt ... Kann liegen bleiben.

---

**03/05/13 19:54:43**

Zwei minderjährige Mädchen beim Ladendiebstahl erwischt. Danach sind beide mit der ausgefüllten Anzeige getürmt.

---

**17/05/13 10:43:00***

Helgesensgate: Frau in Tracht wurde aus einer Wohnung mit einem Ei beworfen. Der reuige Sünder übernimmt die Reinigungskosten.

* Norwegischer Nationalfeiertag.

**18/05/13 13:45:03**

Vorderrad von Gunnar Sønstebys Fahrrad-Statue geklaut. Vermutlich am 17. Mai. Polizei ermittelt. Hinweise unter 02800.

**18/05/13 18:38:05**

Solli plass: Gunnar Sønstebys Vorderrad wurde gefunden. Der Künstler ist informiert.

---

**31/05/13 08:32:59**

«Kjakan-Statue»: Mutter eines 4-jährigen Jungen meldete, die Statue sei umgefallen, als der Junge versucht hat, daran hochzuklettern.

**31/05/13 08:35:06**

Der Junge wurde nach dem Zwischenfall mit geschwollenem Knöchel zum Arzt gebracht. Ansonsten ist er unverletzt.

---

**01/06/13 03:03:20**

Linderudsenteret: Person mit weißem Kapuzenpulli und weißer Maske (wie in Scream!) gesucht. Die Person behindert den Verkehr.

**01/06/13 23:52:58**

Maskenmann in Linderud gefasst. Es handelt sich um einen 16-Jährigen. Gespräch mit dem Vater brachte Klärung. Dem Jungen tut es leid.

Barfüßige Person marschiert mit Gardisten vor dem Schloss.

---

**15/06/13 19:35:49**

Åkebergveien: Mann zündete aus Protest gegen Entlassung aus Polizeiarrest einen Mülleimer an. Dem Protest wurde stattgegeben.

---

**15/06/13 19:42:50**

Glads vei, Grefsen: Zwei Personen schießen mit Pfeil und Bogen. Sind unterwegs – in Kettenhemd und mit Lanze.

---

**12/07/13 22:40:46**

Schlägerei am McDonald's in der Storgata. Der eine beschuldigt den anderen, ersteren bestohlen zu haben ... oder war es umgekehrt?

---

**24/07/13 00:16:45**

Torshov: Blumendiebstahl in einem Laden. Polizei ist vor Ort. Suche negativ. Der Laden wirbt mit Blumen zum Einbruchspreis ...

---

**26/07/13 23:11:17**

Polizeiwagen getaggt. Täter nach Wettrennen erwischt. Gute Arbeit vom jetzt verschwitzten Kollegen.

**31/07/13 14:59:07**

Bygdøy. Person mit Pistole gemeldet. Bewaffnete Kollegen vor Ort. Ergebnis: Nicht angemeldete Dreharbeiten. Das machen die nicht noch mal!

Barfüßige Person marschiert mit Gardisten vor dem Schloss.

---

**07/08/13 11:29:04**

Bhf. Nat.theatret: Mann mit Pistole will Lautsprecherstimme erschießen! Bewaffnete Kollegen in Zivil vor Ort. Mann gefasst, Anzeige erstattet.

---

**01/08/13 11:11:29**

Wir sorgen für eine sichere Hauptstadt, aktuell auf Bygdøy. Suche nach 2 Einbrechern. Hundestaffel, Heli u. Polizeiboot angefordert.

> **01/08/13 11:57:42**
>
> Männer kontrolliert, keine Festnahme. Die beiden sind keine Einbrecher, aber die Anwohner freuen sich, die Polizei in Aktion zu sehen.

---

**07/08/13 18:50:03**

Haben einen ca. 10-jährigen Jungen aufgegriffen, der auf dem Grünstreifen auf der E6 bei Alnabru stand.

> **07/08/13 19:01:06**
>
> Sind in Kontakt mit dem Vater des Jungen im Alna Center.

**07/08/13 12:04:06**

E18 stadtauswärts/Bygdøylokket: Liegengebliebener LKW. 2 Reifen auf der rechten Seite geplatzt. Abschleppdienst f. Schwerfahrzeuge bestellt.

**07/08/13 12:08:16**

E18 stadtauswärts/Bygdøylokket: Sind vor Ort. Und der Hammer: Der Streifenwagen ist auch platt. Zufall? VTS checkt die Fahrbahn.

---

**08/08/13 01:36:14**

Div. Meldungen wegen Schlägerei in der Tøyengata an der Schranke. Eine Person am Boden.

**08/08/13 01:37:00**

Noch eine Schlägerei. Diesmal in der Tollbugata.

**08/08/13 01:38:51**

Tøyengata: Prügelei zwischen 2 Männern und 2 Frauen. Verletzte.

**08/08/13 01:42:14**

Im Bogstadveien gab es auch Prügel. Eine Person verletzt.

**08/08/13 01:44:38**

Hausmanns gate 29. Schlägerei. Eine Person verletzt. (Scheint irgendwie ansteckend zu sein.)

Barfüßige Person marschiert mit Gardisten vor dem Schloss.

---

**25/08/13 19:40:58**

Es ist einiges los: Brand einer Lärmschutzwand in der Stovnerbakken, gewalttätige Person in Helsfyr, Raub eines iPhones in Voldsløkka.

---

**25/08/13 19:43:09**

Wir sind unterwegs!

**25/08/13 19:44:05**

Aus der Spur geratene Person in Helsfyr von Passanten unter Kontrolle gebracht. Wir sind gleich da.

**25/08/13 19:46:25**

Drama in der Stovnerbakken harmlos: Sind vor Ort. Nur ein kleines Lagerfeuer, kein brennender Lärmschutz. Feuer gelöscht.

**25/08/13 19:47:32**

Drøbakgata: Die Kollegen waren schnell da. iPhone-Dieb erwischt.

**18/08/13 09:58:20**

Gamlebyen: Es wurden mehrfach Schreie gemeldet. Offenbar wurden in der Ekebergåsen Passanten eingeladen, in eine Filmkamera zu brüllen.

**19/08/13 20:04:13**

Gamlebyen: Noch mehr laute Schreie gemeldet, wir können die Bevölkerung beruhigen – sie kommen von der Ekebergåsen.

---

**26/08/13 07:15:14**

Im Auto schlafender Mann gemeldet. Haben ihn geweckt u. dann festgestellt, dass er polizeil. gesucht war. Kann in der Zelle weiterschlafen.

---

**26/08/13 17:11:06**

Sofienberggata: Mann in gestohlenem Wagen gefasst. Autobesitzer hatte noch keine Zeit gehabt, sein Fahrzeug zu vermissen.

---

**27/08/13 17:07:00**

Torshovsdalen: Mit Messer bewaffnete, nicht mehr nüchterne Person festgenommen. Zwar wurde niemand bedroht, aber es gab auch keinen Anlass.

Barfüßige Person marschiert mit Gardisten vor dem Schloss.

---

**04/10/13 10:38:53**

Grønland: Autoknacker auf frischer Tat von Passant ertappt. Der Dieb war gerade erst wieder auf freien Fuß gekommen.

---

**12/10/13 20:35:50**

2 Männer wegen Gewalt gegen Polizeibeamte festgenommen. Unser Mann ist ok, obwohl er einen fiesen Kopfstoß einstecken musste.

---

**28/10/13 21:02:36**

Bisletkreisel: Auto folgte den Tramschienen u. hätte beinahe einen Passanten erfasst. Wagen angehalten. Fahrer ohne gültigen Führerschein.

---

**01/11/13 23:03:08**

Maridalsveien: Verkehrsunfall mit Personenschaden. Schadensumfang unklar. Notarzt ist unterwegs.

> **01/11/13 23:35:19**
>
> Kein Verkehrsunfall. Eine Person stürzte, wahrsch. wegen Trunkenheit. Steht inzwischen wieder auf beiden Beinen. Kein Fall für die Polizei.

**13/11/13 23:59:01**

Tullins gate: Versuchter Fahrraddiebstahl gemeldet. Eine Person gefasst. Verdächtiger trug Rad samt Fahrradständer davon.

---

**15/11/13 18:14:01**

Bewaffnete Einheit in Skullerud. Gesucht werden 2 dunkel gekleidete Männer, die auf einen Passanten geschossen haben. Niemand ist verletzt.

> **15/11/13 18:16:51**
>
> Wer 2 dunkel gekleidete Männer sieht, die sich vor der Polizei verstecken u. offensichtlich ein schlechtes Gewissen haben – 02800 anrufen.

---

**18/11/13 12:28:48**

Einbruch in Grindbakken erwies sich als Mann, der sich in seinem eigenen Kofferraum eingesperrt hatte. Wurde befreit und ist glücklich.

**11/05/14 00:06:29**

Hohes Verkehrsaufkommen und viele Menschen auf dem IKEA-Parkplatz in Furuset gemeldet. Wir gucken mal, ob es gute Angebote gibt.

**29/06/14 00:25:01**

Tøyengata. Vier betrunkene Männer spielen auf Töpfen. Schrecklicher Lärm. Dafür sind Töpfe nicht da. Streife ist unterwegs.

**08/11/14 03:25:20**

Fußgänger auf E6 bei Skullerud, Richtung Mortensrud, gemeldet. Der Mann zeigt den anderen Verkehrsteilnehmern den Stinkefinger.

# Ruhestörung in Sagene. Schwiegermutter beleidigt.

Polizei auf Hausbesuch

---

**30/10/12 08:04:31**

Tøyengate: Verzweifelter Anrufer meldet brüllenden Mann in der Wohnung, der sich weigerte zu gehen. Haben ihn überzeugen können.

---

**25/12/12 04:25:17**

Sagene: Einsatz wegen Ruhestörung. Schwiegermutter an Heiligabend beleidigt. Haussegen hängt jetzt wieder gerade.

---

**29/06/13 20:02:26**

Rosenhoff: Beschwerden wegen lautstarkem Geschrei. Streife fand einen Mann, dessen Fernbedienung nicht mehr funktionierte. Batterien leer.

---

**15/09/13 01:09:48**

Manglerud: Ruhestörung gemeldet. Streife fand den Verdächtigen. Super Mario war in voller Lautstärke Go-Kart gefahren. Keine Festnahme.

**30/06/13 21:42:20**

Grünerløkka: Wiederholt Schreie aus einer Wohnung gemeldet. Es handelt sich um einen Jungen, der beim Videospiel alles gibt.

Ruhestörung in Sagene. Schwiegermutter beleidigt.

**01/11/13 21:04:58**

Storo: Ruhestörung gemeldet. Frauenschreie. Bei Ankunft fanden wir einige Krankenschwestern beim Vorglühen vor. Müssen wohl bald wieder los.

**24/04/13 06:48:43**

Sofienberg. Einsatz wg. Ruhestörung und Bedrohung mit einem Schwert, das sich zum Glück als Schuhlöffel erwies. Ruhe wiederhergestellt.

**28/10/13 08:23:40**

Ruhestörung im Økernveien. Laute Schreie aus einer Wohnung. Es stellte sich heraus, dass sich eine Kakerlake in der Wohnung befand.

**30/10/13 01:38:05**

Holbergsgate: Einsatz wegen Partylärm. Die Nachbarn konnten nicht schlafen. Bewohner öffneten die Tür erst nach längerem Dialog.

> **30/10/13 01:41:45**
>
> Anzeige gegen 2 Bewohner erstattet. Überflüssig in einer Dienstagnacht. Der Einsatz hielt mehrere Streifen länger auf als nötig.

**03/11/13 09:58:55**

Briskeby: Einbrecher gefasst. Gute Unterstützung durch Anrufer. Verdächtiger stand außerdem bereits auf der Fahndungsliste.

---

**06/04/14 04:19:28**

Rosenhoff. Weinen und Schreie aus einer Wohnung gemeldet. War eine Frau, die gerne singt. Sie hat ein eher lautes, durchdringendes Organ.

---

**04/11/14 08:12:52**

Thorvald Meyers gate: Ruhestörung nach misslungener Maniküre. Wir sind vor Ort. Eine Frau angezeigt und festgenommen.

**09/11/14 22:25:00**

Geplante Ruhestörung:
Mann informierte per Notruf,
dass seine Frau und er lautstark
streiten würden. Ein
Polizeieinsatz sei nicht nötig.

**10/11/14 21:36:47**

Oslo. Diverse Anrufe wegen Schreien aus einer Wohnung. Fanden nur einen frustrierten Schachspieler, dessen Computer einfach schlauer war.

**15/11/14 12:52:13**

Einsatz in Borgerud wegen lauter Schreie aus einer Wohnung. Diesmal kein Schachspieler, sondern Verlierer einer Tischtennispartie.

# Mit Jäckchen bekleideter Papagei entflogen.

Ausgerissene Vierbeiner und andere tierische Probleme

Mit Jäckchen bekleideter Papagei entflogen.

---

**27/04/12 07:15:41**

Zur Info: Verirrter Schwan hat sich auf Befehl der Polizei auf einem Hügel b. Grønmo, Nähe Auffahrt E6, niedergelassen.

> **27/04/12 07:16:32**
>
> Schwan wird vom Vogelschutz abgeholt. Tier ist unverletzt.

---

**08/05/12 15:46:51**

Wir fragen uns, wer sein Meerschweinchen samt Käfig im Müll der Ebbells gate 3 «vergessen» hat??

> **08/05/12 19:23:39**
>
> Polizei meldet: Meerschweinchen vom Finder gut versorgt. Wurde gebadet und hat einen neuen Käfig. Bekommt morgen ein neues Zuhause.

**12/05/12 07:40:53**
E18 Mosseveien stadteinwärts: Elch auf der Fahrbahn bei Grønlia. Stau in beiden Richtungen. Wildhüter ist informiert und unterwegs.

**12/05/12 07:48:37**
Elch außer Rand und Band. Bitte aufmerksam sein und vorsichtig fahren. Das Tier befindet sich jetzt am Kreisel Mosseveien/Sørenga.

**12/05/12 09:15:06**
Elch ist jetzt im Tunnel zw. Hauptbahnhof u. Nat.theatret. Feuerwehr und Wildhüter helfen bei der Suche. Zugverkehr wurde eingestellt.

**12/05/12 09:15:06**
Elch hat die Haltestelle Nat.theatret erreicht. Hält sich zwischen Gleis 1 und 2 auf. Wildhüter vor Ort.

**12/05/12 10:18:35**
Elch wurde erlegt. Zweistündige Jagd endete auf einem Nebengleis am Bahnhof Nationaltheatret. Polizei abgerückt.

**24/05/12 14:29:28**

Glageberg: Sollten Sie Ihre
Schildkröte vermissen,
rufen Sie 02800 an.

**09/07/12 09:36:18**

Golfplatz Grønmo: Pferd gefunden. Besitzer wird gebeten, sich schnellstmöglich unter 02800 zu melden.

**09/07/12 09:44:00**

Pferd oder Pony ist eine Stute, grau, ca. 130–140 cm groß.

**09/07/12 10:47:47**

Haben wegen des Ponys den Tierarzt eingeschaltet. Tier trägt keinen Chip. Besitzer immer noch gesucht! Rufen Sie 02800 an.

**09/07/12 10:54:55**

Pony steht jetzt bei den Polizeipferden in der Festung Akershus.

**09/07/12 11:45:10**

Hier sind Bilder vom Pony.

**09/07/12 11:59:09**

Besitzer gefunden. «Leonora» sollte eigentlich auf der Sommerweide sein, aber Golf war offenbar spannender. Pferd und Reiter wiedervereinigt.

---

**12/05/12 07:40:53**

Øvre Prinsdals vei 36: Schlange auf der Straße gemeldet. Grau mit grünen Punkten.

> **12/05/12 07:48:37**
>
> Streife ist unterwegs. Keine Vorfreude auf den Einsatz!
>
> **12/05/12 09:15:06**
>
> Feuerwehr ist ebenfalls vor Ort und hat die Schlange unter Kontrolle. Tier in die Veterinärhochschule gebracht.

---

**22/09/12 01:49:03**

Gaustad: 3 freilaufende Pferde gemeldet, während wir mit schweren Fällen beschäftigt sind. Bitte einfangen und uns anrufen, danke.

> **22/09/12 02:04:14**
>
> Streife in Gaustad eingetroffen. Haben das Lasso vergessen u. können darum die Pferde nicht einfangen. Beobachten sie stattdessen.

**12/05/12 09:33:51**

Akerselva Atrium. Zur Info für die Leute in der Gegend: Verwirrter, leicht aggressiver Maulwurf gemeldet.

Mit Jäckchen bekleideter Papagei entflogen.

---

**06/01/13 12:50:36**

Herslebs gate: Mann betrat einen Aufzug, sein Hund nicht. Türen gingen zu, und der Lift blieb zw. zwei Etagen stecken. Hilfe naht.

> **06/01/13 12:57:18**
>
> Alles gut in der Herslebs gate. Jugendliche kümmerten sich um den Hund, während sein Herrchen im Aufzug festsaß.

---

**17/01/13 08:03:15**

Maridalen: Wildhüter auf der Suche nach angeschlagenem Elch. Das Tier wurde gestern bei einem Verkehrsunfall verletzt. Hinweise unter 02800.

> **17/01/13 09:04:44**
>
> Gestern angefahrenes Elchkalb wurde gefunden. Es ist bei bester Gesundheit. Soll sich in Zukunft besser vor Autos in Acht nehmen.

---

**15/03/2013 11:53:02**

Torggata: Person mit Ziege an der Leine gemeldet. Gespann unauffindbar. Die beiden sind inzwischen hoffentlich an einem passenderen Ort.

**09/02/13 15:16:09**
Freilaufendes Pferd im Nordtvetveien. Sind unterwegs, um es nach Hause zu lotsen.

**09/02/13 15:30:24**
Nordtvetveien: Pferd ist in Sicherheit und unterwegs zu seinem Kumpel, der ebenfalls versucht hat, auszubüxen. Fröhliches Wiehersehen.

---

**27/02/13 03:43:08**
Drei freilaufende Pferde spazieren über den Bygdøyveien Richtung Manglerud Senter.

**27/02/13 03:58:18**
Versuchen, die entlaufenen Pferde nach Hause in ihren Stall zu treiben. Hoffentlich ist der auf dem Abildsø-Hof.

**27/02/13 04:24:54**
Pferdekundige Leute vom Abildsø-Hof übernehmen die Tiere und bringen sie in ihren Stall. Ende des kleinen Stadtausflugs.

**11/05/13 10:12:25**

Kjelsås: Kaninchen «Panda» im Arilds vei entlaufen. Name ist Programm. Hinweise auf den kleinen Panda in freier Wildbahn unter 02800.

**17/05/13 08:13:31**
E18 Vækerø: Entenfamilie versucht, die Autobahn zu überqueren.

**17/05/13 08:29:01**
E18 Vækerø: Entenfamilie hat sich Richtung Eisenbahngleise bewegt. Ist außer Sichtweite.

**17/05/13 08:40:18**
E18 stadtauswärts. Entenfamilie ist wieder unterwegs. Versuchen, sie durch die Unterführung zu lotsen.

**17/05/13 08:58:10**
Entenfamilie ist sicher auf der anderen Seite der E18 angekommen.

**17/05/13 10:02:21**
Der Ordnung halber: Die Entenfamilie auf der E18 war eine Graugansfamilie mit neun Jungen.

Mit Jäckchen bekleideter Papagei entflogen.

---

**19/05/13 09:25:26**

Maridalen: Schwer verletzter Hund mit gelbem Jäckchen gefunden. Evtl. engl. Setter. Wurde zur Veterinärhochschule gebracht. Hinweise: 02800

> **19/05/13 09:37:41**
>
> Korrektur: Der Hund aus Maridalen ist zum Glück nicht schwer verletzt, sondern nur sehr erschöpft. Das Tier wurde zu Viking gebracht.
>
> **19/05/13 09:42:04**
>
> Hund und Herrchen sind glücklich wieder vereint. Das werden Pfingsttage mit viel Futter und guter Pflege.

---

**22/06/13 15:16:09**

Streife unterwegs zum Brynstunnel (Ri. Westen), um ein paar verirrte Entenjunge zu retten.

> **22/06/13 15:30:24**
>
> Die 4 Entenjungen sitzen im Streifenwagen. Suchen einen sicheren Ort, wo sie mit ihresgleichen zusammen sein können.
>
> **22/06/13 15:30:24**
>
> Entenmutter auf Ring 3 überfahren. Die Kleinen kommen zur Veterinärhochschule, dort weiß man, wo sie es am besten haben.

**14/06/13 18:33:01**

Skøyenveien: Papagei entflogen!
Grau mit rotem Schwanz.
Trägt ein rotes Westchen
(unklar, ob das noch da ist).
Hinweise 02800.

Mit Jäckchen bekleideter Papagei entflogen.

---

**28/06/13 14:43:31**

Papagei auf der Flucht. Zwar nicht aus Amerika, aber immerhin aus dem Grorudveien. Der Vogel ist grau mit orangefarbenem Schwanz.

---

**11/07/13 04:14:14**

Nähe Nordberg Kirche. Schafsherde testet, ob das Gras auf der anderen Seite wirklich grüner ist. Mal nachzählen ... zzzZZZzzz

> **11/07/13 05:57:18**
>
> Nordberg: Schafseigentümer weiß Bescheid und wird die Tiere einsammeln. Was für ein wolliger Einsatz.

---

**31/07/13 15:18:45**

Ruseløkkveien: Entenfamilie im Laden. Wir sind unterwegs, um Beistand zu leisten.

> **31/07/13 15:37:19**
>
> Ruseløkkveien: Entenfamilie wurde in einen Pappkarton gesetzt. Polizei bringt sie zu ihrem Wohnsitz am Ententeich beim Schloss.

**31/07/13 15:16:09**

Polizei hilft einem Anrufer, der im Schlosspark einen verirrten Iltis gefunden hat.

**31/07/13 15:30:24**

Iltis aus dem Schlosspark findet neue Unterkunft in der Veterinärhochschule.

---

**08/08/13 23:07:00**

Bygdøy: Schwein auf der Straße gemeldet. Wohnt wahrscheinlich auf dem Kongsgården.

**08/08/13 23:11:00**

Jetzt ist auch noch eine Kuh auf der Straße unterwegs.

**08/08/13 23:14:00**

Kontakt mit dem Kongsgården aufgenommen. Sie kümmern sich um die Tiere.

---

**10/08/13 04:44:39**

Bald ist Schulanfang. Unklar, ob der Igel dorthin unterwegs war. Haben ihm jedenfalls nach Hause geholfen.

Mit Jäckchen bekleideter Papagei entflogen.

---

**15/08/13 14:19:43**
Fähranleger Bygdøynesveien: Kleiner Seehund auf dem Felsen gesichtet. Sieht aus, als könnte er Hilfe brauchen. Polizeiboot ist unterwegs.

> **15/08/13 15:23:43**
> Seehund ist in guter Form. Schwimmt wieder lebensfroh herum. Polizeiboot lässt ihn in Ruhe weiterziehen.

---

**01/08/13 01:13:51**
Thorvald Meyers gate: Hund in Wohnung aufgesucht und ihm die mündliche Auflage erteilt, den Rest der Nacht nicht mehr zu bellen.

---

**30/09/13 06:49:03**
Furuset. Prof. Birkelands vei: Zwei Ziegen aus der Schlachterei Fatland entwischt. Zuletzt am Furuset Senter gesichtet.

> **02/10/13 05:47:59**
> Falls jemand zwei Ziegen vermisst: Sie halten sich im Micheletveien auf.

> **02/10/13 06:17:15**
> Schlachterei Fatland hat Besitzansprüche angemeldet. Kein polizeil. Eingreifen nötig.

**22/10/13 08:47:24**
Veterinärhochschule: Kuh entlaufen! Wir versuchen, das Tier einzufangen. Mehrere Einheiten im Einsatz.

**22/10/13 08:51:17**
Kuh ist unter Kontrolle. Wahrscheinlich. Hochschule hilft, das Tier zu betäuben.

**22/10/13 09:06:12**
Kuh in Sicherheitsverwahrung bei der Veterinärhochschule. Alle Einsatzkräfte unbeschadet und wieder unterwegs für unsere Hauptstadt.

**Grund der Rauchentwicklung: äußerst knusprig gebackene Grandiosa.**

---

Weniger Fertigpizza würde der Polizei eine Menge Arbeit ersparen

---

**05/04/12 16:38:17**

Feuer im Park Nähe Tante Ulrikkesv. 55. Bebauung ungefährdet. Polizei und Feuerwehr im Einsatz.

**05/04/12 16:46:29**

Kein Feuer im Park. Jemand grillt.

---

**14/06/12 02:21:44**

Feueralarm im Ullevålsveien: Heißer Topf brachte Sofa zum Schmelzen.

---

**28/07/12 22:19:17**

Sannergata: Piepender Rauchmelder sowie leichter Rauchgeruch gemeldet. Einsatzkräfte unterwegs.

**28/07/12 22:35:18**

Grund der Rauchentwicklung: eine äußerst knusprig gebackene Grandiosa.

**26/08/12 10:27:14**

Sofienberggt. Feuer gemeldet. Feuerwehr ist unterwegs.

**26/08/12 10:42:19**

Sofienberggt. Feuerwehr vor Ort. 1 Mann aus verrauchter Whg. geborgen. Wird ambulant behandelt.

**26/08/12 11:00:58**

Sofienberggt. Grund: Tasse Kaffee sollte in der Mikrowelle aufgewärmt werden. Vergessen, Kaffee einzugießen! Feuerwehr rückt ab.

---

**29/01/13 10:18:04**

Brand in der Hammerstads gate. Feuerwehr vor Ort.

**29/01/13 10:32:12**

Hammerstads gate: Kein Brand, sondern Weihrauch, der Feueralarm ausgelöst hat.

Grund der Rauchentwicklung: äußerst knusprig gebackene Grandiosa.

---

**28/02/13 12:07:59**

Rauchentwicklung im Zentrum gemeldet. Wir überprüfen das.

> **28/02/13 12:10:44**
>
> Rauch kommt aus einem großen Fabrikschornstein. Wir lassen ihn qualmen.

---

**11/03/13 22:28:05**

Rettungseinsatz auf Tjuvholmen. Feuer auf einem Boot gemeldet.

> **11/03/13 22:33:31**
>
> Kein Brand auf dem Boot auf Tjuvholmen, sondern eine eigenwillige Art zu kochen. Der Mann grillte unter Deck.

---

**06/04/13 04:18:49**

Rettungseinsatz in der Holsts gate: Rauchentwicklung unbestimmten Umfangs gemeldet.

> **06/04/13 04:24:48**
>
> Kein Brand in der Holsts gate. Ursache der Rauchentwicklung: Zubereitung von spätem Nachtmahl. Nachbarn wenig erfreut über die Evakuierung.

**11/04/13 22:16:07**

Brand in einem Mietblock in Ila. Flammen aus dem Fenster gemeldet. Feuerwehr ist vor Ort. Vorläufig nichts zu sehen.

> **11/04/13 22:46:12**
>
> Feuer erwies sich als verkohltes Backpapier. Keine Verletzten oder Evakuierten. Polizei ermittelt.

---

**23/04/13 01:38:09**

Vestre Haugen Bosenter: Plastik auf Herdplatte geschmolzen. Feuer ist gelöscht. Einsatzkräfte stellen Schadensumfang fest.

> **23/04/13 02:15:57**
>
> Vestre Haugen Bosenter: Kein Brand, sondern der Versuch, auf dem Herd Pizza mit geschmolzener Plastikfolie zu braten.

**28/06/13 19:45:09**

Sinsenveien: Wieder kein Brand,
noch ein überhitzter Topf.
Zu viele schlechte Köche,
lauter überflüssige Einsätze
für die Rettungskräfte.

**29/06/13 20:58:24**
Sinsenterrassen: Erstes Pizzaunglück für heute. Möge es das letzte dieser Nacht sein.

---

**08/07/13 21:16:29**
Lovisenberggata: Rauchentwicklung in einer Whg. Bewohner wollte Backofen ausprobieren. Hat vergessen, die Betriebsanleitung rauszunehmen.

---

**09/07/13 23:48:11**
Feuerwehreinsatz im Hansemyrveien: Wohnungsbrand gemeldet. Umfang unklar.

> **10/07/13 00:07:35**
> Hansemyrveien: Kein Brand. Weiterer misslungener Kochversuch. Überhitzter Topf.

---

**27/07/13 03:12:47**
Feuerwehreinsatz im Kristine Bonnevies vei. Rauchgeruch. Ursache unklar.

> **27/07/13 03:37:36**
> Kristine Bonnevies vei: Kein Feuer. Nächtliches Pizzabacken ist oft eine schlechte Idee. Jedenfalls in diesem Fall.

Grund der Rauchentwicklung: äußerst knusprig gebackene Grandiosa.

---

**01/09/13 16:19:12**

Østerdalsgata: Schwarzer Rauch vom Dach gemeldet. Feuerwehr angefordert.

**01/09/13 16:24:47**

Kein Feuer. Nur jemand, der Styropor im Kamin verbrannt hat.

---

**08/09/13 08:31:02**

Feuerwehreinsatz Hertzbergs gate/Fagerborg. Rauch im Treppenhaus gemeldet.

**08/09/13 08:39:27**

Kein Brand in der Hertzbergs gate. Bewohner hatte trotz Sonnenschein und sommerlichen Temperaturen den Kamin angezündet.

---

**03/10/13 00:04:05**

Feddersens gate/Sagene: Rauchentwicklung gemeldet. Feuerwehr angefordert.

**03/10/13 00:09:49**

Brand schnell gelöscht. Pizzakartons auf der Herdplatte hatten Feuer gefangen. Ziemlich viel Qualm, aber keine Personenschäden.

---

**16/09/13 12:52:49**

Die Polizei informiert: Überhitzte Töpfe/fahrlässige Brandstiftung werden üblicherweise mit einem Bußgeld von 6000 Kr. geahndet.

---

**10/10/13 13:56:05**

Feuerwehr im Jacobine Ryes vei: Rauchentwicklung aus Wohnung erwies sich als Grill auf dem Balkon. Die Grillsaison kann lange dauern.

---

**03/11/13 08:52:07**

Feuerwehr im Einsatz wegen Rauchentwicklung in einer Küche.

> **03/11/13 08:58:59**
>
> Feuerwehr vor Ort: Kräftiger Rauch in einer Gemeinschaftsküche, wo eine Grandiosa zu lange im Ofen war.

---

**10/11/13 02:55:47**

Feuerwehr unterwegs in die Motzfeldts gate: Feueralarm und Brandgeruch.

**16/11/13 02:07:03**

Wer schläft, kann sehr wohl sündigen: Mann ist mit Pizza im Ofen eingeschlafen. Wohnung total verraucht. Keine Personenschäden. Anzeige wg. Fahrlässigkeit.

**08/11/14 15:21:47**

Flammen und Knallen in Nordseter gemeldet. Später korrigiert: Es ist ein Lagerfeuer vor einem Einfamilienhaus. Wir sehen uns das an.

**08/11/14 15:52:22**

Feuer in Nordseter: Familienstreit. Einer hat Gegenstände aus der Wohnung getragen und angezündet. Wir versuchen zu vermitteln.

**Betrunkener Fahrer? Unsicherer Grieche in norwegischen Winterverhältnissen!**

---

Die Polizei auf den Straßen
für eine bessere Hauptstadt

---

**09/08/12 12:57:36**

Jogger im Festningstunnel gemeldet. Sind unterwegs.

**09/08/12 13:07:58**

Kontakt mit dem Jogger aufgenommen: Angestellter eines Kreuzfahrtschiffs. Wusste nicht, dass Joggen im Tunnel verboten ist. Verwarnung.

**17/08/12 01:06:41**

Grorud: Spritztour mit geklautem Auto beendet. Die 3 15-jährigen Jungen wurden nach Hause gebracht. Das gibt morgen ein unbequemes Frühstück.

**27/10/12 10:53:02**

E6 Ri. Norden: Sofa auf der Fahrbahn bei Alnabru. Sind unterwegs.

**27/10/12 11:03:55**

Das Sofa bei Alnabru ist weg.

---

**26/12/12 08:26:20**

E6 stadtauswärts: Verkehrskontrolle. Betrunkener Fahrer erwies sich als Grieche, der zum ersten Mal mit norweg. Winterverhältnissen kämpfte.

---

**03/01/13 12:07:32**

Fossumberget: Verkehrsunfall. Fuß überfahren. Der steckte zum Glück in einem Sicherheitsschuh. Kein Personenschaden.

---

**28/01/13 17:32:45**

Autofahrer angehalten, der einem Fußgänger die Vorfahrt genommen hat. Fahrer hatte schon 7 Punkte und geht jetzt selbst zu Fuß.

**21/02/13 01:53:44**
E6/Skulleruddumpa. Mann auf der Fahrbahn fuchtelt wild mit den Armen. Wurde wütend, als man ihm Hilfe anbot. Grund für das Verhalten unklar.

**21/02/13 02:03:38**
Mann auf der E6 aufgegabelt. Er ist jetzt nicht mehr wütend. Haben ihn nach Hause zu seinen Eltern gefahren.

---

**20/04/13 11:36:51**
E6 Ri. Süden. Rollstuhlfahrer auf der Fahrbahn Nähe Mortensrud gemeldet. Streife ist unterwegs.

**20/04/13 11:43:26**
Rollstuhlfahrer ist von E6 abgebogen und verschwunden.

**18/06/13 13:03:26**
Østre Aker vei/Zulassungsstelle: Mann mit elektrischem Rollstuhl fährt auf der Straße in nördl. Richtung. Kollegen vor Ort. Nichts zu sehen.

**18/06/13 13:14:28**
Østre Aker vei: Elektrischer Rollstuhl wurde in der Nähe von Risløkka gesichtet. Fährt Ri. Norden. Sind unterwegs.

**18/06/13 14:45:34**
Østre Aker vei/Risløkka. Kein elektrischer Rollstuhl auf der Straße zu finden. Haben auch keine weiteren Meldungen erhalten.

**13/05/13 09:31:49**

Kongsveien: Taxi angehalten. Fahrer hatte keine gültige Fahrerlaubnis. War unterwegs zu seinem Anwalt, um Führerscheinentzug zu besprechen.

Bertrunkener Fahrer? Unsicherer Grieche in norwegischen Winterverhältnissen!

---

**07/08/13 07:04:45**

Majorstuveien: Verdacht auf Trunkenheit am Steuer erwies sich als Zeitnot. Mann war zu spät dran. Daher grobes Fahrverhalten.

---

**25/06/13 04:03:46**

Torkelnde Person im Vålerengtunnel stadtauswärts. Wir sind unterwegs.

> **25/06/13 04:10:34**
>
> Keine Personen mehr im Vålerengtunnel. Wir reden in Etterstad noch ein Wörtchen mit dem Mann.

---

**26/06/13 07:46:31**

Verkehrskontrolle am Munkedamsvn. Resultat: 12 Bußgelder, 7 Strafen und eine Anzeige wg. Zeitunglesens am Steuer.

---

**14/07/13 01:44:38**

Bjørvikatunnel: Limousine mit Motorschaden liegengeblieben. Abschleppwagen ist unterwegs.

> **14/07/13 02:13:27**
>
> Limo im Tunnel war überhitzt. Unklar, ob die «heißen» Passagiere die Ursache waren. Wagen wurde aus dem Tunnel entfernt.

**10/07/12 12:00:39**

Hochzeitsgesellschaft machte sich auf E6 breit: Limo u. schwarze PKW fuhren im Schritttempo auf allen Spuren. Unnötige Verkehrsbehinderung.

**10/07/12 12:02:49**

Vålerengtunnel: Autokorso stoppt, plötzlicher Stimmungswandel. Leute steigen aus, Handgemenge, Autogerempel.

**10/07/12 12:14:49**

Hochzeitskolonne außerhalb d. Ekebergtunnel gestoppt. Fahrer erklären, Korsofahren nach d. Hochzeit sei «kulturelle Tradition».

**10/07/12 13:04:32**

E18/Framnes: Motorschaden an einem Wagen d. Hochzeitsgesellschaft. Fahrer rollt Teppich aus u. betet. Unklar, ob das hilft.

**07/09/13 08:31:18**

Sinsen: Person mit Luftgewehr und div. Munition gefasst. Hatte keine ehrenwerten Absichten mit der Waffe.

**26/02/14 19:15:33**

Wiedervereinigung von Mutter und 6-jährigem Sohn nach dessen eigenmächtigem Busausflug. Der Junge will später mal Busfahrer werden.

**19/10/14 18:19:44**

Karl Joahns gate: Frau uriniert auf Streifenwagen. Ihr Versuch zu fliehen schlug fehl. Festgenommen und angezeigt.

## Die Osloer Polizei twittert

Im Herbst 2011 nahm die Notrufzentrale im Zuständigkeitsbereich Oslo Twitter als Informationskanal in Gebrauch, um den Kontakt zwischen Polizei und Medien effektiver zu gestalten und somit auch die Bevölkerung besser zu erreichen. Die Polizei ist von einer guten medialen Kommunikation mit den Leuten abhängig, um über aktuelle Ereignisse im Zuständigkeitsbereich informieren zu können.

Die Notrufzentrale entschied sich, den Schritt in die sozialen Netzwerke zu tun, da sowohl auf Seiten der Polizei als auch auf Seiten der Medien Bedarf bestand, Ereignisse in der Stadt effektiver kommunizieren zu können. In akuten Situationen brauchen die Medien schnelle und korrekte Informationen – gleichzeitig muss die Polizei Einsätze und Rettungsarbeiten koordinieren und hat kaum Kapazitäten, die eingehenden Anrufe bei der Pressestelle zu bearbeiten.

Die Umstellung war eine echte Herausforderung für die Polizei und die Presse – vor allem nachdem der Funkverkehr der Polizei auf einen abhörsicheren Kanal, den sogenannten Notkanal, verlegt worden war. Bis zu diesem Zeitpunkt war der Funkverkehr der Polizei für jeden mit entsprechender Ausrüstung offen zugänglich, sodass die Medien und Außenstehende über den polizeieigenen

Funkkanal freien Zugang zu Informationen und Meldungen hatten. Dieses beliebte «Privatradio» verstummte für immer, als die Notfallzentrale in Oslo 2009 auf den Notkanal umschaltete. Für die Journalisten, die zunehmend nach Informationen über Ereignisse und Polizeiarbeit verlangten, war das natürlich ein schwerer Verlust.

Die Kommunikation der Polizei sollte im Gleichschritt mit der gesellschaftlichen Entwicklung gehen. Früher reichte der Aushang des Polizeichefs an der Kirchentür, heute stehen die sozialen Netzwerke an zentraler Stelle für Information und Austausch. Wir wollen am Ball bleiben und der Entwicklung folgen. Wir wollen dort sein, wo unser Publikum ist.

Das Buch soll einen kleinen Einblick in den Alltag der Polizei geben – der bei weitem nicht nur todernst ist.

Kari Huseby
*Chefin der Öffentlichkeitsarbeit*
*Polizei im Zuständigkeitsbereich Oslo*

MIX
Papier aus verantwortungsvollen Quellen
FSC® C083411

Das für dieses Buch verwendete FSC®-zertifizierte Papier *Holmen Book Cream* liefert Holmen, Schweden.